Contes pour enfants de 1 an

Contes pour enfants de 1 an

CARACTERE

Table des matières

Qui gratte à la porte ?

Amanda Leslie

Si seulement j'avais un vrai ami pour jouer...

Grrrr !

Quel est ce bruit ?

Qui grogne à ma porte?

Un gros
ours brun !

Grrr !

Grrr !

Tu es bien trop gros
pour jouer avec moi!

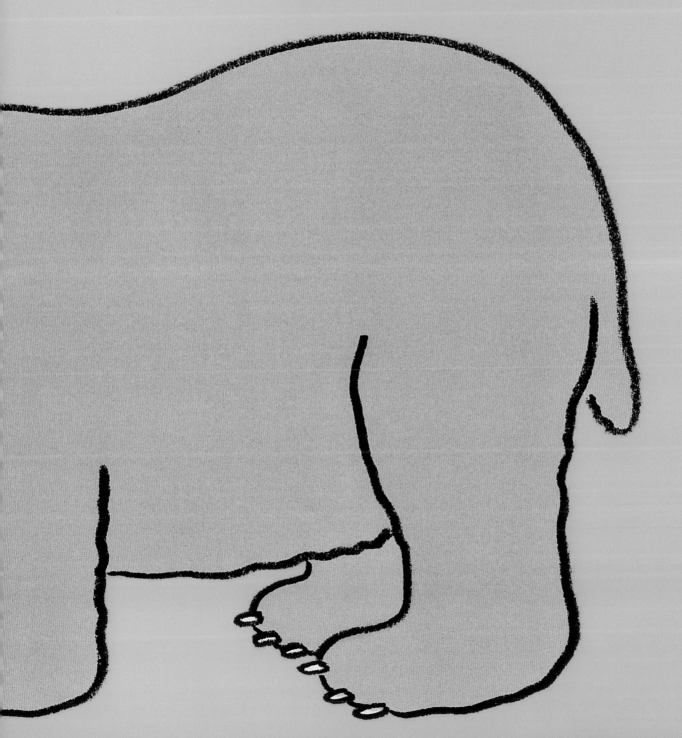

Qui grignote à ma porte?

Une grande
girafe
orange!

Miam !

Miam !

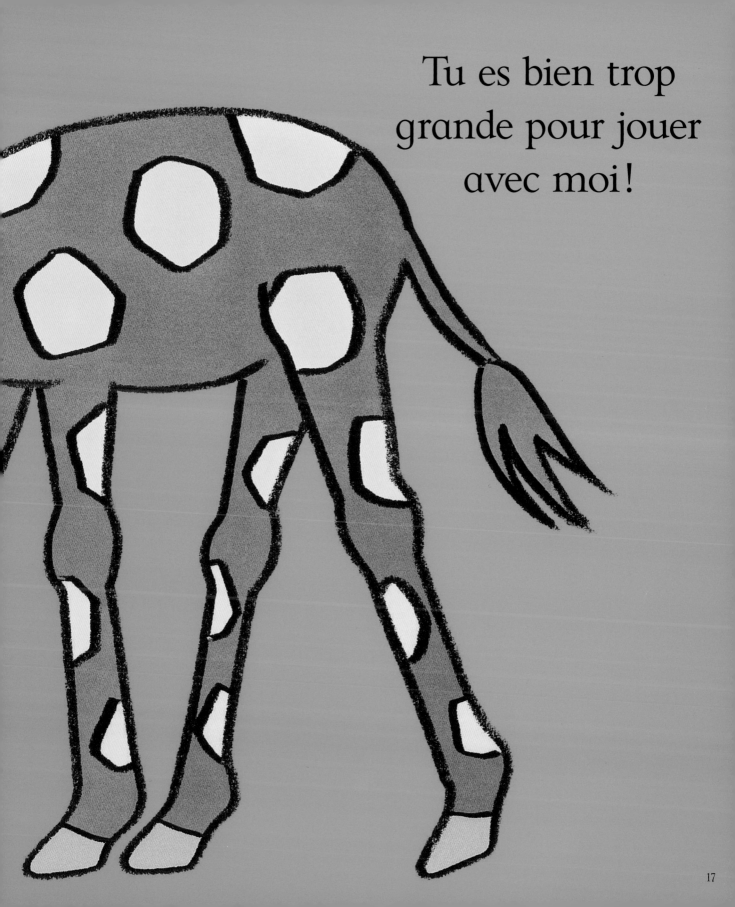

Tu es bien trop
grande pour jouer
avec moi !

17

Qui coasse à ma porte?

Une grenouille verte et visqueuse!

Crôa!

Tu es bien trop
visqueuse pour moi!

Crôa!

Qui
rigole
à ma
porte?

Un singe rouge très coquin!

Hi hi ha ha!

Tu es bien trop coquin
pour jouer avec moi!

Qui gratte et renifle à ma porte?

Un petit chien tout mignon qui me lèche et me fait des câlins.

Gratte !
Gratte !

Mon petit bébé

L'enfant du lundi

L'enfant du lundi a un beau visage
L'enfant du mardi est vraiment très sage
L'enfant du mercredi a bien des soucis
L'enfant du jeudi va loin dans la vie
L'enfant du vendredi est très généreux
L'enfant du samedi est très besogneux
Mais l'enfant né le dimanche
A plus d'un tour dans sa manche !

Dix petits doigts

Dix petits doigts, dix petits orteils
Deux joues rebondies et un petit nez
Deux petits yeux et deux petites oreilles
Oh qu'il est mignon ce petit bébé !

Bébé

————

D'où arrives-tu beau bébé ?

Des limbes je suis venu ici

D'où viennent tes yeux bleus ?

Du ciel si joli

Pourquoi brillent-ils si fort ?

Des étoiles venues quand je dors

Et cette petite larme si menue ?

Elle m'attendait à ma venue

Et ton front si haut et si doux ?

Une tendre main l'a touché en venant

Et la rose blanche et tiède de ta joue ?

J'ai vu le mystère le plus grand.

- George MacDonald

Petit ami

Katie Cook   Colleen McKeown

Un jour où Laura se promenait,
elle entendit un petit bruit…

C'était un petit canard qui
tremblait dans l'herbe.
Laura s'assit à côté de lui,
sans faire de bruit, jusqu'à ce
qu'il n'ait plus peur d'elle.

Elle l'emporta à la maison
et lui fit des câlins pour
le réchauffer.

Mais les jours passèrent,
et le canard ne se
levait pas.

— Je t'en prie, guéris,
le suppliait Laura.
Elle le soigna tendrement…

jusqu'à ce qu'il aille
mieux et soit impatient
de sortir.

Laura et son brave
petit canard se promenèrent
dans la neige tout l'hiver.

Le petit canard devenait plus fort à mesure
que les journées se réchauffaient. Un jour de soleil
printanier, il voulut aller nager.

— Pas trop loin, dit Laura.

Elle avait peur qu'il s'enfuie.

Mais non. Il revint vers elle.
— Je t'aime, petit ami,
dit Laura.

— Tu seras toujours
heureux avec moi ?

Le soir, elle le serrait dans ses bras,
tandis que les canards sauvages faisaient
résonner leurs cris.

— Tu veux être avec eux, n'est-ce pas,
petit ami? chuchotait Laura.

— Je crois que je vais devoir t'apprendre à voler…

...d'une façon ou d'une autre !

— Courons avec le vent! dit Laura en riant.

— Plus vite, plus vite…

— Tu vas y arriver! cria-t-elle.

– Tu sais voler !

Il était magnifique.

— Reviens vite, chuchota Laura.

– Je ne t'oublierai jamais, mon brave petit ami.

Je t'aime mon bébé

Tout mon amour

Des caresses à chaque jour
Un câlin tout doux
Un gros gros bisou
Et tout mon amour !

Merveilleux bébé

Bébé cligne des yeux
Bébé sourit
Bébé dort
Un petit peu !
Bébé marche
Bébé court
Quelle merveille
Tu es devenu !

Bébé d'amour

J'aime ton nez en bouton

Et ton menton tout rond

Les fossettes de tes joues

Et ton sourire si doux

J'aime ta bouche malicieuse

Et ton rire délicieux

Ton pas qui vacille

Et tes jambes qui fourmillent

Tes mots clairement qui sonnent

Et ceux que tu marmonnes

Mais ce que j'aime plus que tout

C'est t'embrasser sur les joues.

Le bain de Petit Lapin

Jane Johnson

Gaby Hansen

– C'est l'heure du bain, mes petits lapins !
cria madame Lapin.

Et ses enfants arrivèrent en courant,
sauf le plus petit lapin.

— Je ne veux pas de bain,
dit Petit Lapin. Je veux jouer.

— Tu veux vraiment jouer tout seul ?
demanda sa maman.
Petit Lapin hocha la tête, mais il n'en était
plus aussi certain, à présent.

— Bien, sois sage pendant
que je m'occupe des autres,
dit madame Lapin en mettant
ses enfants dans l'eau.

— Splitch, splatch, sploutch, chantaient joyeusement les petits lapins en jouant avec les bulles.
Petit Lapin avait envie de jouer, lui aussi.

– Regardez-moi, cria-t-il
en se cachant derrière les
serviettes.

— Oui, mon chéri, dit madame Lapin.

Mais elle continua à laver les autres.

— Guili, guili, disaient les petits lapins en
riant et en agitant les pattes dans l'eau.

— Devinez où je suis,
cria Petit Lapin en
se cachant dans le
panier de linge sale.

— Je t'ai trouvé!
dit sa maman en souriant
tandis qu'elle soulevait
le couvercle.

Mais elle retourna vite
s'occuper des autres.

– Et voilà, souffla madame Lapin
en sortant ses enfants du bain.

– Séchez-vous vite, dit-elle en riant.
Comme vous êtes mignons quand
vous êtes tout propres!

Petit Lapin était fâché.
Il voulait que sa maman
fasse attention à lui.

Il grimpa
donc
sur un
tabouret…

puis sur la baignoire

- le plus haut possible.

Mais tout à coup…

PLOUF!

Il tomba dans le bain!

– Oh mon Dieu! dit madame Lapin en
allant le repêcher sur-le-champ.
Petit Lapin la regarda joyeusement.
– Je suis prêt pour le bain, maman,
dit-il avec un doux sourire.

Madame Lapin ne put
s'empêcher de lui
sourire aussi.
— Allez jouer
tranquillement,
dit-elle
aux autres.

Puis elle fit couler de
l'eau propre et donna
un bain à Petit Lapin
- pour lui tout seul.

Elle sécha sa fourrure et
ses moustaches et dit :
– Oh, que tu sens bon
quand tu es tout propre.

Petit Lapin embrassa sa maman et la serra très fort.

— Voilà, tu es prêt, dit madame Lapin.

C'est l'heure d'aller se coucher. Où sont mes autres petits lapins?

Elle les trouva dans la cuisine.

— Oh non! Quel désastre! cria madame
Lapin. Vous êtes à nouveau tout sales.
Vous allez devoir reprendre un bain!

— Oui, dit Petit Lapin en riant,
mais pas moi!

L'heure du jeu!

Si on allait danser?

Si on allait danser autour de la lune

En levant les bras au ciel?

Ou si on sautait sur les étoiles

Pour traverser l'espace?

Si on allait au fond de l'océan

En frappant des pieds

Et en roulant dans les vagues

Avec les poissons qui dansent?

Je lance bébé dans les airs

Et on tourne tous en rond

Viens te blottir dans mes bras

Je te bercerai et tu t'endormiras.

Viens jouer

Viens jouer, il est presque une heure.

Serre ton nounours contre ton cœur.

Viens jouer, il est presque deux heures.

On va s'amuser à se faire peur.

Viens jouer, il est presque trois heures.

Derrière la colline et dans l'arbre en fleurs.

Viens jouer, il est presque quatre heures.

Un dernier jeu, c'est tant de bonheur.

À cinq heures, nous rentrerons

Mais demain nous recommencerons !

La lavande

La lavande est bleue, bleue, bleue.

C'est toi que je veux.

Quand je serai roi, roi, roi.

Ma reine ce sera toi.

Que fais-tu dans mon lit ?

David Bedford   Daniel Howarth

Il était une fois, par une nuit d'hiver sombre et glaciale,
un chaton nommé Chap qui n'avait nulle part où dormir.
Il entra alors furtivement par une porte…

… et se blottit confortablement
dans le lit de quelqu'un.

Puis, dans l'obscurité,
Chap entendit…

des chuchotements et des feulements,
et des pas légers dans la nuit.
Des yeux verts brillants apparurent à la
fenêtre et tout à coup…

…un, deux, trois, quatre, cinq, six chats
entrèrent par la chatière!
Ils déboulèrent dans la pièce et trouvèrent…

…Chap!

– Qu'est-ce que TU fais dans NOTRE lit ?
crièrent les six chats en colère.

— Votre lit ? dit Chap.
Mais il est bien trop petit pour
vous. Vous n'allez pas tous tenir
là-dedans !

— Là-dedans ? demandèrent les
chats. Attends voir un peu…

Un, deux, trois chats se roulèrent
en boule les uns contre les autres…
Puis quatre, cinq, six
s'empilèrent par-dessus.

— Tu vois ? Il n'y a pas de
place pour toi, dirent-ils.
Tu n'as nulle part
où te mettre.
— Nulle part ?
dit Chap.
Attendez voir…

En chancelant un peu,

Chap escalada avec précautions

la pile de chats.

— Je vais dormir là-haut, dit-il.

— D'accord, dirent les chats en baillant.

Mais ne bouge pas. Et ne ronfle pas.

Ils s'endormirent.

Mais tout à coup, une

grosse voix grogna…

– QUE FAITES-VOUS
DANS MON LIT?
OUSTE!

Les chats s'éparpillèrent
dans la pièce, mais il n'y avait
aucun endroit confortable
où dormir.

Rex le chien était bien au chaud dans son lit,
et il se mit rapidement à ronfler.
Mais un courant d'air glacial s'infiltra dans la pièce
par la chatière, et Rex se réveilla en frissonnant.

Chap chuchota :

— Suivez-moi… !

Et il conduisit rapidement les six chats frigorifiés à travers la pièce…

...vers le lit douillet.

— On va te réchauffer, dit Chap.

— Vous n'allez jamais tous tenir là-dedans,
dit Rex en grelottant.

— Jamais ? répondit Chap. Attends voir…

Chap et Rex ronflèrent toute la nuit
sous leur chaude couverture de chats.

Et ils tenaient tous
parrrrrrfaitement dans le lit.

Avoir un an, c'est merveilleux

Quand tu avais un an

Quand tu avais un an
Tu n'étais pas très grand
Mais déjà tu étais
Tout ce qui nous plaît.

Qu'allons-nous manger?

Bébé, bébé
Qu'allons-nous manger?
Des carottes ou des pois
Ou des pêches à chaque fois?
Bébé, bébé
Regarde sous tes pieds
Ton repas est par terre
Et je dois le refaire!

L'heure du bain

Plouf, plouf,

C'est l'heure du bain !

Du savon et des bulles

Tu es propre, enfin !

L'hippopotame

Un hippopotame s'est rendu

Dans la laveuse tout nu.

Le linge est tout boueux

Et l'hippo tout heureux !

Bonne nuit
Colin Cochon

Diane et Christyan Fox

Le soir quand il fait noir dehors, allongé dans mon lit, je pense à toutes les choses

que j'aimerais faire
quand je serai grand.

J'aimerais être

un pompier

téméraire…

qui vient à la…

rescousse.

Ou un pilote courageux...

qui fait des acrobaties dans le cie

au-dessus des nuages.

Ou peut-être un médecin attentif . . .

qui remet les gens sur pied.

Ou bien un conducteur d'excavatrice ...

qui creuse
des trous
très
profonds.

Ou même un

qui roule

pilote de course

à toute

vitesse...

autour du circuit.

Ou peut-être un excellent pâtissier...

qui fait un gros gâteau délicieux.

Mais surtout,
j'aimerais être
un pirate
audacieux qui
vogue sur les
sept mers...

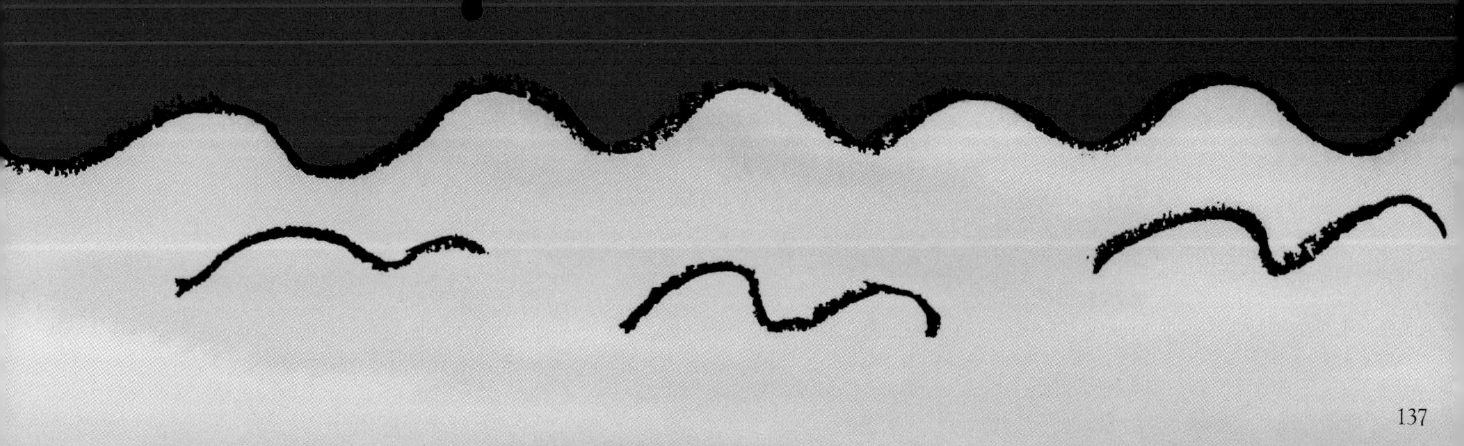

... à la recherche de plein de trésors cachés!

Je me demande
ce que je
serai, demain.

Bonne nuit, nounours,
fais de beaux rêves.

L'heure du lit

Où dort bébé ?

L'ours ronfle dans sa grotte

L'oiseau dort dans son nid

Mais pour un bébé comme toi

Rien de mieux qu'un petit lit.

Fais dodo

Fais dodo, mon bébé

Allonge-toi dans ton lit

Rêve bien toute la nuit

Je t'aime et te couvre de baisers.

Dors, bébé, dors

Dors, bébé, dors.

Ton père garde les moutons

Ta mère secoue l'arbre aux songes

Un petit rêve tombe pour toi

Dors, bébé, dors.

Bonne nuit, Émilie!

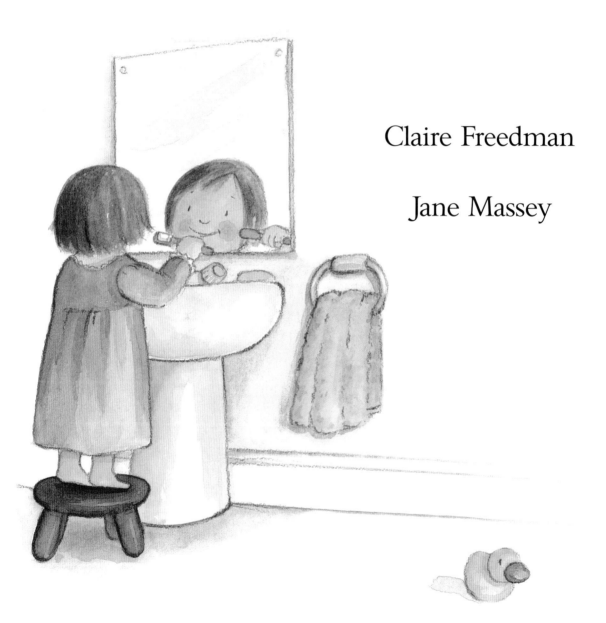

Claire Freedman

Jane Massey

Il était l'heure d'aller se coucher,
mais Émilie ne trouvait
pas Teddy, son nounours
préféré. Elle l'avait pourtant
cherché partout.

Maman la mit donc au lit avec
Coin Coin Canard.
— Bonne nuit, Émilie, bonne nuit,
Coin Coin Canard, dit maman.
— Bonne nuit, maman et Coin
Coin Canard, répondit Émilie.
— Coin coin, cancana Coin
Coin Canard.

Émilie n'allait pas tarder à s'endormir,
mais NON! Il manquait
quelque chose dans ce lit.
Elle alla donc chercher Poil le Chat.

— Bonne nuit, Coin Coin Canard et Poil
le Chat, dit Émilie.

— Miaou, miaula Poil le Chat.

— Coin coin, cancana Coin Coin Canard.

Émilie était sur le point de s'endormir, mais
NON! Il manquait quelque chose dans ce lit.
Ou plutôt quelqu'un.
Émilie sauta sur le plancher et alla chercher
Choupette la Chouette.

– Bonne nuit, dit Émilie à Choupette la Chouette, Poil le Chat et Coin Coin Canard.

– Ouh ouh, hulula Choupette la Chouette.

– Miaou, miaula Poil le Chat.

– Coin coin, cancana Coin Coin Canard.

Les yeux d'Émilie papillotaient. Mais NON!

Il faisait un peu froid dans ce lit.

Où était passé Chien Chichi? Émilie le trouva

en bas des escaliers, derrière les rideaux.

— Bonne nuit, Chien Chichi et
Choupette la Chouette, dit Émilie.
Bonne nuit, Poil le Chat et
Coin Coin Canard.

— Ouaf ouaf, aboya Chien Chichi.

— Ouh ouh, hulula Choupette la
Chouette.

— Miaou, miaula Poil le Chat.
Coin Coin Canard ne dit pas un mot.
Il était déjà profondément endormi.

Émilie aussi se serait endormie, mais NON !
Voilà que sa couverture n'arrêtait pas de glisser.
Elle se faufila hors du lit pour aller chercher
Mimi l'Agneau.

— Bonne nuit, tout le monde, dit Émilie.

— Bêê, bêla Mimi l'Agneau.

— Ouaf ouaf, aboya Chien Chichi.

— Ouh ouh, hulula Choupette la Chouette.

— Miaou, miaula Poil le Chat.

— Coin Coin, cancana Coin Coin Canard
que le bruit avait réveillé.

Émilie était enfin prête à s'endormir. Mais NON ! Ce lit n'était pas confortable. Il y avait une bosse sous l'oreiller.

— Mais qu'est-ce qu'il y a là-dessous ? se demanda Émilie. Ah, c'est là que tu te cachais, Teddy, petit coquin !

Émilie remit alors
Coin Coin Canard
dans le coffre
à jouets.

Elle replaça Poil
le Chat sur
son étagère.

Elle déposa
Choupette la Chouette
sous le lit.

Et elle rapporta
Chien Chichi et
Mimi l'Agneau au
bas de l'escalier.

Puis Émilie et son nounours
s'installèrent sous les couvertures.
— Bonne nuit, Teddy, dit Émilie
en baillant.
— Grrr, grogna Teddy.
Et Émilie s'endormit aussitôt.
Oh OUI! Comme ce lit était
confortable!

L'Ours Teddy était lui aussi
sur le point de s'endormir,
mais Oh NON!...

Voilà qu'il y avait bien
trop de monde dans le lit!
— Grrr !

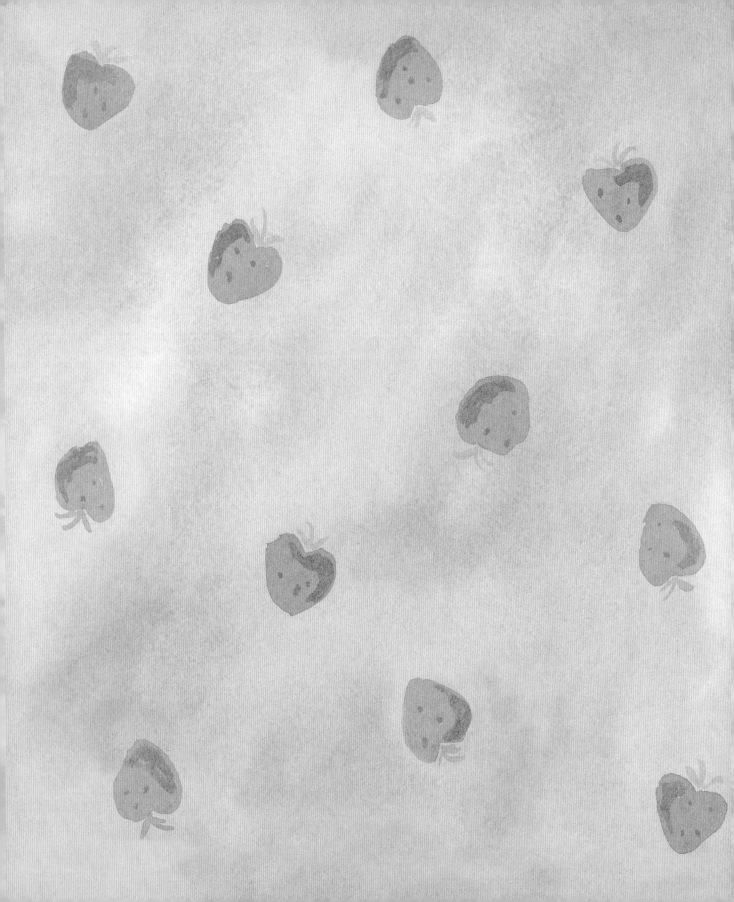

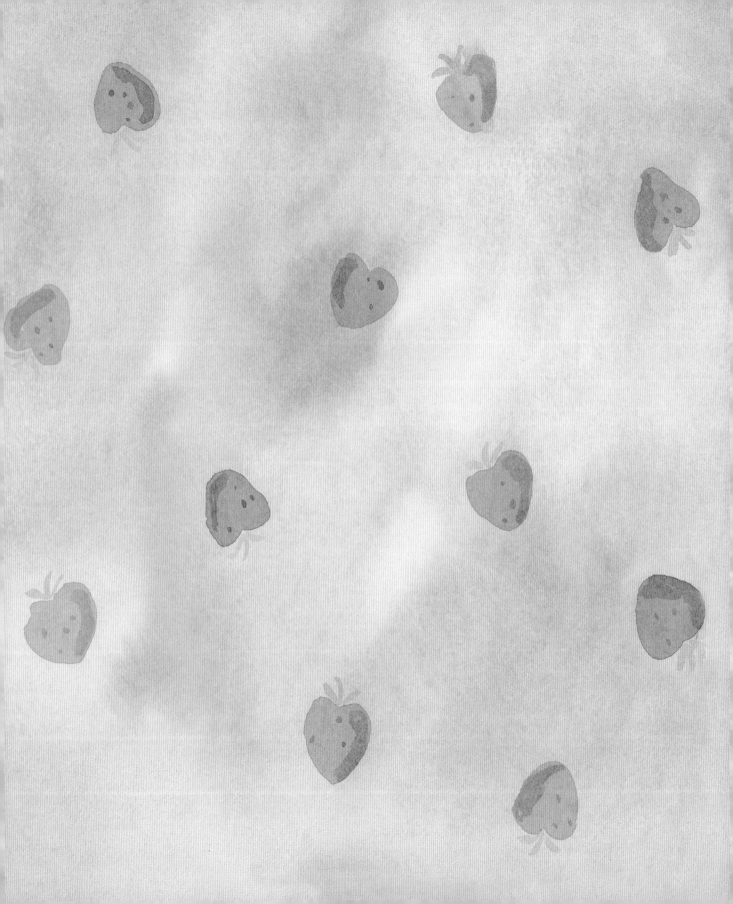

CONTES POUR ENFANTS DE 1 AN

Titre original : *Stories for 1 year olds*
Couverture : Rachel Baines
Traduction : Hermine Ortega

© 2013, Little Tiger Press pour l'édition originale
© 2014, Éditions Caractère pour la version française au Canada

Dépôt légal – Bibliothèque et Archives nationales du Québec, 2014

ISBN 978-2-89642-912-7
LTP/1800/0878/0314

Gouvernement du Québec – Programme de crédit d'impôt
pour l'édition de livres – Gestion SODEC

Nous reconnaissons l'aide financière du gouvernement du Canada par l'entremise
du Fonds du livre du Canada (FLC) pour nos activités d'édition.

Imprimé en Chine

editionscaractere.com

QUI GRATTE À LA PORTE ?

Titre original : *Who's That Scratching at My Door?*
Publié par Little Tiger Press, 2001

© 2001, Amanda Leslie pour les textes et les illustrations

PETIT AMI

Titre original : *Little Friend*
Publié par Little Tiger Press, 2010

© 2010, Katie Cook pour les textes
© 2010, Colleen McKeown pour les illustrations

LE BAIN DE PETIT LAPIN

Titre original : *Little Bunny's Bathtime*
Publié par Little Tiger Press, 2004

© 2004, Jane Johnson pour les textes
© 2004, Gaby Hansen pour les illustrations

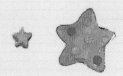

REMERCIEMENTS

« Fais dodo » par Stephanie Stansbie, @ 2008, Little Tiger Press

« Quand tu avais un an» par Stephanie Stansbie, @ 2011, Little Tiger Press

« Merveilleux bébé », « Bébé d'amour », « Si on allait danser ? »
«Viens jouer » par Stephanie Stansbie, @ 2013, Little Tiger Press

« Dix petits doigts », « Qu'allons-nous manger ? », « L'heure du bain »
« Où dort bébé ? », par Maria Alperin, @ 2011 Little Tiger Press

«Tout mon amour », « L'hippopotame », par Maria Alperin, @ 2013 Little Tiger Press

Illustrations supplémentaires par Rachel Baines, © 2010, 2013, Little Tiger Press